reinhardt

Barbara Saladin

Die Nacht, in der die Kuh verschwand

Eine abenteuerliche Geschichte aus Pratteln im Schwingfieber

Mit Illustrationen von Domo Löw

Friedrich Reinhardt Verlag

Wir bedanken uns für die Unterstützung bei der Bürgergemeinde Pratteln, dem Verschönerungsverein Pratteln, der Kommission für Kulturförderung Pratteln und dem Eidgenössischen Schwing- und Älplerfest (ESAF) Pratteln im Baselbiet.

Alle Rechte vorbehalten
© 2022 Friedrich Reinhardt Verlag, Basel
Projektleitung: Manuela Seiler
Korrektorat: Daniel Lüthi
Gestaltung: Siri Dettwiler
Illustrationen: Domo Löw
ISBN 978-3-7245-2589-9

Der Friedrich Reinhardt Verlag wird vom Bundesamt für Kultur mit einem Strukturbeitrag für die Jahre 2021–2024 unterstützt.

www.reinhardt.ch

Inhalt

- Eine Burg auf dem Berg — 11
- Im Eventdorf — 19
- Eine schlimme Nachricht — 29
- Nächtliche Beobachtung — 33
- Pauline Wayne II — 37
- Lena und Liridon fassen einen Plan — 41
- Wer könnte verdächtig sein? — 49
- Mit Trotti und Feldstecher — 57
- Eine heisse Spur! — 63
- Grosi im Team — 67
- Beschatten und verfolgen — 71
- Im Dunkeln der Salzbohrtürme — 77
- Reden ist Silber, Schweigen ist Gold — 83
- Das Ende der Ferien — 85

- Barbara Saladin und Domo Löw — 90
- Und jetzt? — 92
- Willkommen bei uns in Pratteln! — 93

Die Menschen und die Handlung in dieser Geschichte sind frei erfunden. Allfällige Ähnlichkeiten mit lebenden oder toten Personen sind rein zufällig. Die Orte, an denen die Geschichte spielt, sind hingegen echt, sie unterliegen allerdings einer gewissen künstlerischen Freiheit. Wen es ebenfalls wirklich gibt, ist Pauline Wayne II. Möge die Eringer Kuh noch ein langes, schönes Leben haben.

Kapitel 1
Eine Burg auf dem Berg

«Und ausgerechnet hier oben haben die Ritter eine Burg gebaut?»

Das konnte ich mir irgendwie nicht vorstellen. Ich wischte mir den Schweiss von der Stirn und schaute mich um. Zusammen mit meinen Grosseltern hatte ich den höchsten Punkt des Adlerbergs in der Nähe von Pratteln erklommen. Weit entfernt konnte ich die Geräusche der Eisenbahn hören, und der Wind trug Fetzen von Musik bis hier herauf in den Wald. Sonst aber hatte ich fast das Gefühl, als befände ich mich weit weg von allem, was mit Menschen zu tun hat.

Ich bin Lena, zehn Jahre alt und wohne in der Nähe von Bern. Als ich auf dem Adlerberg stand und die Frage nach der Burg stellte, war ich bei Grosi und Grosspapi in den Ferien. Die leben hier, und es war mein letzter Ferientag vor der Rückkehr nach Hause. Glaubte ich damals.

Die Wanderung hierher war eigentlich der Abschluss meiner Ferien, denn am selben Abend sollten meine Eltern mich wieder abholen. Für diesen letzten Tag hatte ich mir die Wanderung zur Burgruine Madlen gewünscht. Zwar hatte mein Grosi Luise mir schon früher erzählt, dass sich auf dem Adler eine Burg befunden habe, aber als ich noch kleiner war, hatte ich mich nicht sonderlich dafür interessiert. Nachdem wir im vergangenen Frühling in der Schule aber das Mittelalter zum Thema gehabt hatten, wollte ich den Ort unbedingt besuchen. Auch die Sommerhitze und die Warnung der Grossmutter, dass von der Burg so gut wie nichts mehr zu sehen sei, hatten mich nicht davon abgebracht. Und auch nicht, dass im Moment so viele andere Dinge in Pratteln los waren, weil doch bald das grosse Eidgenössische Schwing- und Älplerfest, das ESAF, hier stattfinden würde. Das ist eine riesengrosse Veranstaltung, auf die das Dorf sich seit Jahren vorbereitet. Die ganze Schweiz spricht davon und fiebert den drei grossen Tagen Ende August entgegen.

Ich schaute hoch in die Baumkronen. Ein Eichelhäher flog davon und schimpfte laut. Hier, am höchsten Punkt des Adlerbergs, soll also eine Burg gestanden haben. Ich fand diesen Standort ja ziemlich unbequem. Ganz sicher wäre mir ein Wohnsitz unten im Dorf lieber gewesen. Dort befindet sich immerhin bereits das Prattler Schloss, das – so hatte mein Grosi erzählt – von derselben Adelsfamilie erbaut worden war. Hätte ich selber im Mittelalter gelebt, hätte ich übrigens kein Burgfräulein sein wollen wie die meisten anderen Mädchen in meiner Klasse, sondern lieber ein Knappe, der sich um die Pferde kümmern durfte.

Leider konnte man von der Burg Madlen hier oben wirklich nicht mehr viel erkennen. Keinen Turm, keine Zinnen, nicht einmal Mauerreste, auf denen Eidechsen in der Sonne lagen, wie ich es von anderen Ruinen her kannte. Ein bisschen enttäuschend fand ich das schon, aber ich sagte nichts, denn meine Grosseltern hatten mich ja vorgewarnt. Zudem waren sie beim Aufstieg deutlich mehr ins Schwitzen geraten als ich. Immerhin gab es im Waldboden noch recht tiefe Gräben, die man ohne grosse Fantasie als ehemalige Burggräben identifizieren konnte.

Grosi Luise und Grosspapi Ruedi, die Eltern meiner Mama, sassen auf einem alten Baumstamm, der in der Nähe einer Feuerstelle lag. Als sie nicht mehr so schwer atmeten, wiederholte ich meine Frage nach dem Standort der Burg: Ausgerechnet hier oben? Grosi nickte und erklärte, dass Burgen früher oft und gerne auf Bergen errichtet worden seien.

«Aber der Weg war doch so umständlich», warf ich ein.

«Die Bewohner mussten ja nicht täglich hinunter, um im Supermarkt einzukaufen. Zudem waren sie gegen die Angriffe von Feinden hier besser geschützt.»

Das leuchtete mir ein.

«Soll ich dir die Geschichte vom Madlenjäger erzählen?», fragte mein Grosi, und es klang fast ein wenig wie eine Entschuldigung dafür, dass man an diesem schönen Ort nicht mehr viel von der Burg sehen konnte.

«Von welchem Jäger?»

«Vom Madlenjäger.»

«Hat hier denn ein Jäger gelebt? Ich dachte, das sei ein Ritter gewesen!»

«Das ist in diesem Fall ein und dasselbe. Setz dich mal hin.»

Als ich zwischen meiner Grossmutter und meinem Grossvater auf dem Baumstamm Platz genommen hatte, begann Grosi, mir vom Madlenjäger zu berichten: «Hier oben lebten einst die Herren von Eptingen, ein Adelsgeschlecht. Ein Ritter, der auf der Burg wohnte, hatte ständig Streit mit seinen Nachbarn von der Schauenburg. Diese lag oberhalb von Frenkendorf. Irgendwann erschlug der Madlenritter auf der Jagd deshalb den Ritter von Schauenburg. Doch damit nicht genug, er heiratete später sogar dessen Witwe. Nach seinem Tod aber fand er keine Ruhe. Deshalb ertönt in der Nacht von Zeit zu Zeit ein schauriges Jagdhorn hier auf dem Berg. Dann hört man das Gebell seiner zwölf weissen Hunde und sieht den Ritter in wilder Jagd auf seinem Schimmel vorüberpreschen. Die Leute sagen: Wenn man den Madlenjäger hört, dann gibt es bald darauf ein Unwetter.»

Instinktiv schaute ich zum Himmel, um sicherzugehen, dass keine dunklen Wolken im Anmarsch waren. Ich fröstelte und

strich mir über den Arm. Dort hatte sich beim Zuhören Gänsehaut gebildet. Und das, obwohl es Hochsommer war! «Ganz schön unheimlich», meinte ich. «Zum Glück hast du mir diese Geschichte nicht erzählt, als ich noch ein kleines Kind war, sonst hätte ich noch Angst gehabt!»

Grossvater Ruedi, der seit der Ankunft auf dem Adlerberg nicht viel gesagt hatte, schmunzelte verschmitzt: «Und jetzt?»

«Natürlich nicht mehr! Schliesslich bin ich schon zehn, da macht man sich nicht wegen jedem Schauermärchen in die Hose!»

«Aber wenn wir nun nachts hierhergekommen wären und nicht am heiterhellen Tag?»

Ich überlegte einen Moment. Nachts, wenn die Bäume furchterregende Schatten werfen, die Zweige unter den Füssen unheimlich laut knacken und vielleicht sogar irgendwo ein Käuzchen ruft? Das wäre dann wohl doch etwas anderes. «Okay, nachts hätte ich vielleicht schon noch ein bisschen Angst», gestand ich. «Aber wenn ich mit euch zusammen wäre, dann nicht.»

Glücklicherweise war es aber ja erst Mittag. Darum machten wir gemeinsam ein Feuer in der Feuerstelle und brieten die Würste, die mein Grosi zu Hause zusammen mit einem Brot, einer Tube Senf und ein paar süssen Cherrytomaten eingepackt hatte. Das Brot hat sie übrigens selber gebacken. Bevor sie pensioniert wurde, arbeitete sie nämlich als Bäckerin, und sie macht immer noch die allerbesten Brote der Welt. Und die allerbesten Kuchen sowieso.

Als wir später den Heimweg antraten, erkundigte ich mich zur Sicherheit doch noch, ob der Madlenjäger denn wirklich nur erfunden sei und ob weder Grosi noch Grosspapi ihn je gehört oder gesehen hätten. Irgendwie liess er mir keine Ruhe. Grosi lächelte: «Es ist eine alte Sage, die die Leute sich früher erzählt haben. Was daran stimmt, weiss keiner so genau. Trotzdem brauchst du keine Angst zu haben.»

«Aber die Burg selber, die gab es schon, oder?»

«Klar. Sie wurde von den Eptingern erbaut, demselben Adelsgeschlecht, dem auch das Schloss Pratteln gehörte.»

«Wieso hiessen die Leute denn Eptinger, wenn sie doch in Pratteln wohnten?» Da soll mal einer das Mittelalter verstehen!

«Sie stammten ursprünglich aus Eptingen, besassen aber etliche Burgen und Schlösser in der ganzen Region. Davon

auch zwei in Pratteln. Im Jahr 1356 gab es ein furchtbares Erdbeben in Basel, bei dem zahlreiche Häuser einstürzten und viele Menschen starben. Auch die Burg Madlen fiel zusammen und wurde danach nicht mehr aufgebaut. Aber unten im Dorf, im Schloss, blieben die Herren von Eptingen noch länger, bis sie es vor ziemlich genau fünfhundert Jahren an die Basler verkauften.»

«Warum denn das?»

«Sie hatten Geldprobleme. Übrigens verkauften sie nicht nur das Schloss, sondern das Dorf gleich dazu. So kam Pratteln zur Schweizerischen Eidgenossenschaft. Vorher gehörte es zu Österreich, und ohne diesen Verkauf wären wir heute vielleicht keine Schweizerinnen und Schweizer, sondern Österreicherinnen und Österreicher.»

Ich staunte. Das war nun recht viel Information in ziemlich kurzer Zeit. Ein wenig brummte mir der Schädel. Dennoch versuchte ich, mir auszumalen, wie die Welt wohl vor sechs- oder siebenhundert Jahren ausgesehen hatte. Gemeinsam mit Grossmutter und Grossvater redete ich während des Heimwanderns darüber, was wohl damals schon da gewesen war – die Hügel, die Felsen, das Schloss, der Rhein. Und was noch nicht – eigentlich der ganze Rest. Ein fast unvorstellbarer Gedanke! Als mein Grosi auch noch erzählte, dass bei der Ruine Madlen sogar zwei Ritterhelme gefunden worden seien, war ich begeistert: «Kann man die irgendwo anschauen?»

«Ja, einer ist sogar in Pratteln, im Museum im Bürgerhaus. Aber in diesen Ferien reicht ein Besuch nicht mehr. Hast du schon vergessen? Heute Abend fährst du nach Hause. Der Helm rennt dir nicht davon.»

Über die Vorstellung eines davonlaufenden Ritterhelms musste ich lachen. Aber mein Grosi hatte recht: Heute Abend würden meine Eltern mich ja abholen. Meine Ferienwoche bei den Grosseltern war um. Also nahm ich ihnen das Versprechen ab, dass wir das nächste Mal, wenn ich sie besuchte, den Madlenhelm im Museum anschauen würden.

Kapitel 2
Im Eventdorf

Am späten Nachmittag spazierten wir vom Wald zurück ins Prattler Rankackerquartier. Dort wohnen meine Grosseltern schon sehr lange in einem Wohnblock. Von ihrer Stube aus kann man nicht nur auf die grossen Fabrik- und Lagerhallen und bis in den Schwarzwald gucken, sondern auch direkt auf das Gelände, wo bald das ESAF stattfinden wird. Bereits seit dem vergangenen Winter wurden dort Strassen und später die grosse Schwingarena und weitere Dinge aufgebaut. In einer Ecke des riesigen Geländes, ganz nahe bei Frenkendorf, finden seit zwei Wochen sogar bereits Veranstaltungen statt. Dort steht nämlich das Eventdorf der Gemeinde Pratteln. Ich war mit meinen Grosseltern schon mehrfach dort, und obwohl wir nach unserer Burgenbesteigung alle ein bisschen müde waren, fragte ich dennoch, ob wir nochmals hingehen würden. Schliesslich war es die letzte Möglichkeit vor dem Ende der Ferien. Ich bettelte, aber es war vergeblich, denn Grosspapi meldete sich gleich ab. Er sei zu müde, um jetzt noch länger «ummezschuene», wie er sagte. Er fuhr als freiwilliger Helfer des ESAF schon seit einiger Zeit mit dem Gabelstapler rum und half beim Aufbau. Auch in den kommenden Wochen stand ihm ein dichtes Programm bevor, weshalb er lieber etwas Energie tanken wollte. Auch Grosi wollte lieber zu Hause bleiben. Wahrscheinlich hatte sie vor, die Füsse auf dem Sofa auszustrecken und in eines ihrer spannenden Bücher einzutauchen, um auszuruhen.

Im Erdgeschoss des Wohnblocks stolperten wir beinahe über drei grosse Koffer, die den Eingang zum Lift versperrten. Zum Glück! Denn das Gepäck gehörte Liridons Familie. Das ist eine Nachbarsfamilie, die ich ebenfalls kenne, seit sie vor drei Jahren unterhalb meiner Grosseltern eingezogen ist.

«Flora! Seid ihr schon zurück aus den Ferien? Willkommen daheim», rief mein Grosi freudig und umarmte eine junge Frau, die ein kleines Mädchen auf dem Arm trug und sich entschuldigte, dass die Koffer im Weg rumstanden. Die Familie war bei Verwandten in Albanien gewesen und nun gerade wieder in Pratteln angekommen. Auch ich freute mich, würde ich nun doch noch Liridon sehen. Er war der älteste Sohn der Familie und mein bester Freund hier. Immer, wenn ich bei Grosi und Grosspapi in den Ferien war, spielten wir zusammen – ausser dieses Mal, weil er ja selber in den Ferien gewesen war. Ein bisschen hatte er mir schon gefehlt, das muss ich zugeben. Liridon war zwar drei Monate jünger, aber deutlich grösser als ich. Er wuchs wohl einfach schneller.

Die beiden Frauen redeten ein wenig miteinander und bald kamen Liridon, seine jüngere Schwester und sein Vater dazu. Nach einigem Hin und Her wurde beschlossen, dass wir beiden grossen Kinder noch gemeinsam kurz ins Eventdorf gehen durften. Grosi war einverstanden damit, denn sie kannte Liridon als einen sehr verantwortungsvollen Jungen, der oft und gerne auf seine beiden kleinen Schwestern aufpasste. Er würde sicher keinen Blödsinn machen, wenn wir nun zusammen loszogen, meinte sie. Und sie sagte es so laut, dass wir es sehr gut hören und durchaus auch als Warnung verstehen konnten.

Glücklich rannten wir los. Während wir an der geschlossenen Barriere warteten, dass wir auf die andere Seite der Bahnlinie und dann auf dem Strässchen Richtung Frenkendorf zum Eventdorf gelangen konnten, meinte Liridon: «Du hast eine voll coole Oma, finde ich. Und du hast es schön, dass sie so nahe wohnt. Meine Grossmutter lebt in Albanien, darum muss ich immer zu ihr fliegen und sehe sie nur in den Ferien.»

«Ja, eine Stunde im Auto oder mit dem Zug ist viel praktischer als zwei Stunden mit dem Flieger», antwortete ich.

Später erzählten wir uns gegenseitig von unseren Ferienerlebnissen bei den jeweiligen Grosseltern, in Pratteln und in einem kleinen Dorf in den Bergen hinter Tirana. Dazu schlenderten wir übers Festgelände und schleckten Glace. So trafen wir auf zwei Jungen, die Liridon kannte: Es waren seine Kollegen Serkan und Tim. Sie kamen vom Robispielplatz Lohag und wollten sich im Eventdorf ebenfalls umsehen.

Das taten wir dann zu viert, was recht lustig war. Als sich wenig später auch noch zwei Mädchen – Alessia und Özlem – dazugesellten, waren wir schon fast eine Bande. Nur Alessia schaute mich anfangs ein wenig böse an und meinte: «Was hast du denn da für eine mitgebracht?»

«Das ist Lena. Sie ist bei ihren Grosseltern in den Ferien, die bei uns im Haus wohnen», antwortete Liridon.

«Ah, dann kommt sie also nicht aus Albanien?» Alessia zog die Augenbraue hoch.

«Nein», sagte ich. Am liebsten hätte ich noch hinzugefügt: «Und du kannst auch mit mir direkt sprechen», aber ich liess es sein. Ich kannte das Mädchen ja nicht und wollte keinen unnötigen Streit, dazu war die Stimmung viel zu friedlich gewesen. Deshalb streckte ich ihr auch nicht die Zunge raus, obwohl ich das eigentlich gerne getan hätte. Ihre weiteren

Fragen waren ebenfalls doof: «Du hast wohl voll den Crush auf sie, oder? Seid ihr ineinander verknallt?»

Oh Mann, so kindisch! Doch auch diese Fragen überhörten wir beide – und zum Glück auch die anderen drei. Damit war das Thema beendet. Özlem, das andere Mädchen, das zu uns gestossen war, hatte sowieso eine viel bessere Neuigkeit. Auf dem ESAF-Gelände seien Tiere ausgestellt, die man anschauen könne, berichtete sie. Sofort waren wir uns einig: Dort wollten wir hin!

Am anderen Ende des Geländes vom Eventdorf aus gesehen, also gar nicht so weit entfernt vom Zuhause meiner Grosseltern, stiessen wir auf eine Art grossen Schuppen. Er war aus Holz, auf einer Seite offen und hatte ein schräges Dach. Neben einem riesigen, kugelförmigen Gebäude ging er fast unter. Viele Menschen standen auf dem Platz zwischen den Bauten und unter einer grossen Anzahl viereckiger Sonnenschirme herum, und gerade sprach jemand in ein Mikrofon. Für die Leute und die Ansprache interessierte ich mich allerdings nicht, denn ich wollte zu den Tieren. Ich war entzückt: Da gab es Kühe zu sehen. Und Pferde! Ich liebe Tiere nämlich. Darum bin ich, wenn ich in Pratteln in den

Ferien bin, auch immer gern auf dem Robispielplatz Lohag, weil es dort Esel, Hühner, Schweine und Hasen gibt. Aber das hier war ja auch so was von cool! Da standen nicht weniger als sechs Kühe, vier Pferde und sogar ein mächtiger Stier. Dieser sei der Siegermuni für das Schwingfest, erfuhren wir von einem Mann, der danebenstand. Das heisst, der beste Schwinger der Schweiz gewinnt nicht nur einen Kranz, den er sich auf den Kopf setzt, sondern darf auch den Muni mit nach Hause nehmen. Na ja, ich liebe zwar Tiere, aber wenn ich die beste Schwingerin der Schweiz wäre, dann würde ich doch lieber ein Pferd oder einen Hund gewinnen als einen Muni.

Alle Tiere waren geschmückt und auf Hochglanz gestriegelt. Man nannte sie hier «Lebendpreise». Ich fand das ein bisschen ein komisches Wort, aber scheinbar heisst das im Schwingsport immer so. Die Lebendpreise jedenfalls waren wirklich lebendig, sie frassen Heu und liessen sich von dem Rummel nicht gross beeindrucken, der um sie veranstaltet wurde. Lange streichelte ich eines der Pferde und später eine relativ klein gewachsene Kuh mit ganz schwarzem Fell. Vor lauter Freude an den Tieren merkte ich nicht, wie die Stimmung umschlug. Erst als ein kleiner Radau losbrach, horchte ich auf. Ein Typ mit Cowboyhut und Cowboystiefeln, der sogar ein Lasso über der Schulter trug, war nämlich mit einer jungen

Frau in Streit geraten. Diese trug einen schwarzen Kapuzenpulli, auf dem eine Pfote und ein Herz abgebildet waren, und schimpfte lauthals. Das sei ein peinliches Zurschaustellen von Lebewesen, das hier veranstaltet werde, sagte sie und benutzte einige sehr unanständige Wörter im Anschluss.

Wenn es ihr nicht gefalle, brauche sie ja nicht hier rumzulungern und überall den Latz reinzuhängen, erwiderte der Cowboy. Allmählich mischten sich weitere Menschen in die Diskussion ein. Es ging darum, ob man Tiere als Preise verschenken dürfe oder nicht. Und ob man sie töten und essen dürfe sowieso. Die Stimmung war ziemlich angeheizt, und der Cowboy spuckte der Kapuzenträgerin sogar vor die Füsse. Erst als zwei Sicherheitsleute mit breiten Schultern eingriffen

und die beiden Streithähne vom Platz verwiesen, kehrte allmählich wieder Ruhe ein. Etwas verdattert stand ich da. Erst jetzt fiel mir auf, dass die anderen Kinder sich ein Stück weit zurückgezogen und die Sache aus sicherer Entfernung beobachtet hatten. Im ersten Moment wollte ich sofort zu den anderen und sie fragen, was denn hier eigentlich los gewesen war. Dann aber besann ich mich und blieb bei der schwarzen Kuh stehen. Sie sah mich mit ihren grossen dunklen Augen nämlich so freundlich an, als würde sie sagen: «Kraule mich ruhig weiter, das tut gut.»

Kapitel 3
Eine schlimme Nachricht

Alessia, Özlem, Serkan, Tim, Liridon und ich blieben noch eine Weile bei den Tieren. Als es Zeit wurde, nach Hause zu gehen, verabschiedeten wir uns voneinander. Zurück im Rankackerquartier und am Haupteingang des Wohnblocks sagte ich auch Liridon Tschüs. Schade, dass wir uns nun schon wieder trennen mussten, weil meine Ferien ja zu Ende waren. Und schade auch, dass es in meinem eigenen Quartier keinen so tollen Jungen wie Liridon gab, mit dem man so viel Spass haben konnte.

Ich klingelte an der Wohnungstür der Grosseltern. Mein Grosi öffnete. Und als ich ihr Gesicht sah, blieb ich wie angewurzelt stehen. Etwas stimmte nicht, das las ich in ihren Augen.

«Was ist los? Ich bin doch nicht zu spät, oder?»

«Nein, Lena.»

«Aber ...»

Mehr brachte ich nicht heraus. Der Gesichtsausdruck meiner Grossmutter war so sorgenvoll, dass es mir förmlich den Hals zuschnürte. Ich erwartete augenblicklich etwas Schlimmes – und ich bekam Angst. Mein Grosi legte ihren Arm um mich und zog mich sanft in die Wohnung.

«Ich muss dir etwas sagen. Setz dich mal.»

Wie in Trance fasste ich einen Stuhl. «Was ist?»

«Deine Eltern werden dich heute nicht abholen können. Aber so schlimm ist es nicht. Sie hatten einen Autounfall. Sie sind im Spital.»

Grossmutters Wohnzimmer verschwand hinter einem Tränenschleier. Ich spürte, wie sie mich umarmte und zu sich auf den Schoss zog.

«Alles nicht so schlimm, hör erst mal zu.» Dann berichtete sie weiter. Sie habe vor wenigen Minuten von der Mutter einen Anruf erhalten, sagte sie. Kurz nachdem sie abgefahren waren, um mich zu holen, fuhr an einer Kreuzung ein anderes Auto in sie hinein. Obwohl es dort ein Rotlicht gibt. Meine Eltern seien beide ins Krankenhaus gebracht worden und müssten bis mindestens morgen bleiben. Aber nicht, weil sie schwer verletzt seien, sondern einfach zur Kontrolle. Sie hätten nochmals Glück gehabt. Nur das Auto sei kaputt. Dennoch: Aus der Heimreise würde im Moment nichts.

Die Nachricht war ein Schock. Meine erste Reaktion war: Auf keinen Fall werde ich auch nur eine Minute länger hierbleiben. «Ich will zu Mama und Papa!», schluchzte ich. Bei meinen Eltern sein, das war das Einzige, was zählte. Ich wollte wissen, wie es ihnen ging, ich wollte sie sehen. Nur mit Mühe und langem gutem Zureden konnte mein Grosi mich davon überzeugen, dass es im Moment vernünftiger war, dass ich hierblieb. So würde ich ihnen am meisten helfen, denn meine Eltern bräuchten Ruhe, hätten die Ärzte gesagt.

Aber immerhin durfte ich mit Mama telefonieren. Danach hatte ich mich so weit beruhigt, dass ich damit einverstanden war zu bleiben. Mit Papa konnte ich nicht reden. Er schlief. Aber Mama erklärte mir, dass ich morgen sicher mit ihm würde sprechen dürfen und dass alles wieder gut werde. «Geniess deine Zusatzferien», sagte sie am Schluss. Ihre Stimme klang schwach. Weil ich nicht wollte, dass sie sich um mich Sorgen machte, versprach ich ihr, extra jede Menge Zusatzspass zu haben.

«Aber dann gehen wir morgen nochmals gemeinsam ins Eventdorf», sagte ich trotzig zu meinem Grosi, nachdem ich ihr das Handy zurückgegeben hatte. Mit dem Handrücken

wischte ich die Tränen aus den Augen. Sie drückte mir einen Kuss auf die Wange: «Aber klar doch. Wo immer du hinwillst.»

«Okay. Dann will ich ins Eventdorf und dann zu den Pferden und den Kühen.»

Ich schniefte. «Und ich will ins Ortsmuseum und mir den Ritterhelm ansehen.» Das klang jetzt schon fast trotzig.

«Wird gemacht», sagte sie und lächelte.

Kapitel 4
Nächtliche Beobachtung

In der Nacht konnte ich dann doch nicht schlafen. Zu gross waren die Sorgen, die ich mir um meine Eltern machte. Wenn sie nun vielleicht doch schwerer verletzt waren, als die Leute im Spital dachten? Was, wenn sie beide plötzlich ganz lange im Krankenhaus bleiben mussten oder gar nie mehr richtig gesund werden würden? Mit allen Kräften versuchte ich, diese schlimmen Gedanken aus meinem Kopf zu vertreiben. Unruhig wälzte ich mich von einer Seite auf die andere, verkroch mich unter die Decke, bis ich schwitzte und stand immer wieder auf. Vor meinem inneren Auge sah ich Mama und Papa im Spital liegen, in grossen Betten in weissen Zimmern mit vielen Lämpchen und Schläuchen. Wie sahen sie wohl aus? Hatten sie einen Verband um den Kopf oder überall Pflaster? War ihnen ein Schlauch in den Arm gestochen worden, wie es in den Notfallsendungen im Fernsehen zu sehen war? Etwas mit «Verdacht auf Schädelhirn» oder so hatte meine Mutter mir am Telefon erklärt. Aber es gehe ihr den Umständen entsprechend gut. «Den Umständen entsprechend» – diese Worte verstand ich nicht ganz, aber es klang jedenfalls nicht ganz so gefährlich. Ich hoffte fest, dass Mama und Papa am folgenden Tag bereits wieder nach Hause gehen durften. Dann würde auch ich vielleicht schon heimkehren können, wenn auch mit dem Zug. Das Auto hatte ja Totalschaden. Wenigstens nur das Auto.

Ein wenig weinen musste ich trotzdem, was ja auch normal ist in einer solchen Situation. Dennoch wollte ich nicht wie ein kleines Kind Trost im Bett der Grossmutter suchen, weshalb ich im Zimmer blieb. Ich setzte mich ans Fenster, zog den Vorhang etwas zur Seite und schaute hinaus.

Nirgendwo war ein Mensch zu sehen, die Strasse lag leer da. Nur eine schwarz-weiss gescheckte Katze schlich hinter einem Busch hervor und huschte im Licht der Strassenlaternen unter ein parkiertes Auto. Das Geräusch eines vorbeifahrenden Güterzugs dröhnte durch die Nacht.

Ich sass da und starrte hinaus, während die Gedanken in meinem Kopf wild rasten. Doch plötzlich horchte ich aufmerksam. Es tönte, als würde da draussen jemand mit schweren Schritten daherkommen. Wer war denn um diese Zeit – die Handyuhr zeigte Viertel vor drei – noch unterwegs? Als ich neugierig die Nase an die Scheibe drückte, sah ich unten auf der Strasse einen grossen schwarzen Schatten. Ein Tier! Unwillkürlich lief es mir kalt den Rücken hinunter: der Madlenjäger! Vielleicht war es der Ritter auf seinem Pferd, der hier mitten in der Nacht durch Pratteln huschte? Allerdings war in der Sage die Rede von einer wilden Jagd im Galopp gewesen, und das schlurfende Geschöpf, das ich nun beobachtete, schien eher von der gemütlichen Sorte zu sein. Jetzt erst konnte ich es allmählich erkennen: Es war eine Kuh. Eine echte Kuh! Wer hat denn so was schon mal mitten in der Nacht in Pratteln gesehen?!

Geführt wurde die Kuh von einer dunkel gekleideten Gestalt, die ihren Kopf unter einer Kapuze verborgen hatte. Ob es ein Mann oder eine Frau war, konnte ich nicht erkennen, aber auf jeden Fall versuchte die Person, die Kuh anzutreiben. Anfänglich mit nur wenig Erfolg. Bis das Tier schliesslich in einen leicht widerstrebenden, langsamen Trab fiel.

Für einen kurzen Moment vergass ich den Kummer um meine Eltern und sah gebannt aus dem Fenster. Erst als die Kuh aus meinem Blickfeld verschwunden war, dachte ich wieder an den Grund, weshalb ich immer noch bei den Grosseltern

war. Schliesslich wandte ich mich vom Fenster ab und nahm Block und Buntstifte hervor, um mich abzulenken. Zuerst malte ich einen finsteren Ritter, der auf einem kohlrabenschwarzen Pferd dahergaloppierte. Um ihn herum setzte ich eine Horde kläffender Hunde – wie viele es in der Sage waren, hatte ich leider vergessen. Dann setzte ich der unheimlichen Erscheinung eine ebenso finstere Kuh vor die Nase, mit roten Augen und giftgrünen Atemwolken, die aus ihrer Nase stiegen. Bevor mir schliesslich doch noch die Augen zufielen, malte ich noch ein Polizeiauto an den linken Bildrand, das die rennenden Tiere mit blitzendem Blaulicht verfolgte.

Kapitel 5
Pauline Wayne II

Am nächsten Tag war Sonntag. Ich war schon früh wach, mochte nicht mehr liegen bleiben und war froh, dass es meinen Grosseltern genauso erging. «Kinder und alte Leute kann man nie lange im Bett halten», pflegte mein Grosi zu sagen, und auch heute traf dies zu. Als ich die Küche betrat, roch es bereits nach frischem Kaffee und nach dem umwerfend leckeren Grosibrot. Sie umarmte mich und fragte, wie ich geschlafen habe.

«Gut, danke», log ich. «Hast du schon etwas von Mama gehört?»

«Nein. Wir haben gestern abgemacht, dass wir gegen Mittag miteinander telefonieren werden. Vorher wird sie eh nicht wissen, ob sie heute schon nach Hause darf. Die Ärzte, die solche Dinge bestimmen, kommen nicht am Sonntagmorgen um halb sieben vorbei.»

Dann meinte mein Grosi noch, dass es vielleicht sowieso besser wäre, ich würde mich schon mal darauf einstellen, dass ich sogar bis morgen bliebe. Denn auch wenn meine Eltern heute nach Hause dürften, bräuchten sie sicher noch Ruhe. Als wäre ich ein Baby, das ständig Krach macht und Betreuung braucht! Ein bisschen war ich beleidigt, aber dann dachte ich daran, dass mein Grosi sich ja auch nur Sorgen machte um ihre Tochter und ihren Schwiegersohn. Und dass ein längerer Aufenthalt in Pratteln immerhin den Vorteil hätte, dass ich nochmals die einzigartige Stimmung rund ums ESAF-Gelände und das Eventdorf geniessen könnte.

Während wir gemeinsam frühstückten, klingelte plötzlich Grosspapis Handy. Zuerst brummte er unwillig, dann nahm er trotzdem ab. «Das gibts doch nicht!», sagte er erstaunt, und «Das kann doch nicht sein!» und «Ich komme sofort!».

Als er das Gespräch beendet hatte, stand er hastig auf und zog sich die Schuhe an. Auf die Frage seiner Frau, ob etwas passiert sei, antwortete er: «Das kann man wohl sagen. Offenbar wurde eine Kuh vom ESAF-Gelände gestohlen!»

«Was!?», sagte mein Grosi ungläubig, «einer der Lebendpreise, die sie dort haben? Die wurden doch eben erst vorgestellt gestern! Doch nicht etwa der Siegermuni?»

«Nein, Pauline Wayne II.»

«Polihn Wein de was?», mischte ich mich ein.

«Pauline Wayne the Second. Das ist ein Eringer Rind.»

«Und was ist mit ihr?»

Mein Grossvater erzählte, dass soeben Grossonkel Daniel angerufen habe, sein Bruder. Er hatte die Tiere gestern betreut. Die Polizei sei bereits informiert. «Aber das Vieh muss so schnell wie möglich wiedergefunden werden, sonst gibt das ein Riesentamtam.»

Und weg war Grosspapi. In meinen Ohren schrillten die Alarmglocken. Eine entführte Kuh vom ESAF-Gelände! Und ich hatte letzte Nacht einen Unbekannten zusammen mit einem schwarzen Rind beobachtet!

Als sich die erste Aufregung am Tisch gelegt hatte, an dem nun nur noch meine Grossmutter und ich sassen, verriet sie mir die Details über den aussergewöhnlichen Namen der verschwundenen Kuh. Sie erklärte mir diesen so: Früher besassen nicht nur die meisten Menschen in der Schweiz eine oder mehrere Kühe, sondern sogar der Präsident der USA. Die Kuh des Präsidenten William Howard Taft hiess Pauline Wayne und lebte bis 1913 auf dem Rasen des Regierungsgebäudes in Washington. Weil der Brauch, dass der US-Präsident eine Kuh besitzt, nach Tafts Amtsende aufgehoben wurde, war Pauline Wayne also gewissermassen die letzte Kuh des Weissen Hauses. Und über hundert Jahre später wurde nun an einem ganz anderen Ort der Welt eine weitere Kuh Pauline Wayne getauft, in Gedenken an ihre frühere Namensvetterin. Und weil sie die zweite Pauline Wayne ist, kam eben noch das «the Second» dazu.

«Kommt Pauline Wayne II denn auch aus Amerika?», wollte ich wissen.

«Nein, nein», antwortete Grosi und lachte. Dank dem Einsatz meines Grossvaters am Schwingfest war sie scheinbar bestens über die Lebendpreise informiert und konnte darum erklären, dass das Rind nicht aus den USA, sondern aus einer Zucht aus der Ostschweiz stamme. Eringer Rinder sind übrigens eine alte Walliser Kuhrasse, klein und robust. Berühmt sind sie vor allem für ihre Kuhkämpfe, die im Wallis veranstaltet werden.

«Und diese Pauline Wayne II ist jetzt weg?»

«Ja, sieht so aus.»

Ich schwieg. Gestern hatte ich Pauline Wayne II noch am Fest gesehen. Und sogar gestreichelt! Sollte ich meinem Grosi von meiner Beobachtung letzte Nacht erzählen? Konnte ich denn überhaupt sicher sein, dass ich nicht fantasiert hatte? Oder dass es trotz allem nicht der Madlenjäger gewesen war, der da in den nächtlichen Strassen unterwegs war…?

Allmählich reifte in mir der Entschluss: Ich musste mir selber ein Bild von der Sache machen! Mein Grosi war allerdings nicht begeistert von der Idee, dass ich sofort losziehen wollte. Wenn wirklich ein Diebstahl geschehen sei, dann sei das ESAF-Gelände derzeit sicher kein Kinderspielplatz, und sowieso solle niemand die Ermittlungen der Polizei stören, fand sie.

«Dann gehe ich halt mit Liridon spielen», sagte ich ausweichend.

«Aber es ist Sonntagmorgen. Da klingelt man nicht bei fremden Leuten.»

«Liridons Familie ist nicht fremd. Und sowieso: Kinder und alte Leute kann man nie lange im Bett halten – das sagst du ja selber.»

Kapitel 6
Lena und Liridon fassen einen Plan

«Bist du ganz sicher, dass du die Kuh in der Nacht gesehen hast?» Liridons dunkle Augen blickten mich ungläubig an. Ich hatte ihn nicht zweimal fragen müssen, ob er mit rauskäme. So aufgeregt, wie ich war, war Liridon nicht einmal auf die Idee gekommen, sich zu erkundigen, weshalb die Enkelin seiner Nachbarn denn überhaupt noch hier war. Und ich war froh darüber. Ich mochte nicht an meine Eltern im Spital denken. Ich hoffte einfach ganz, ganz fest, dass sie wirklich nicht schwer verletzt waren und bald entlassen würden.

«Ja, wenn ichs dir sage! Ich habe gesehen, wie jemand mit der Kuh auf der Strasse vor dem Wohnblock gelaufen und dann abgebogen ist. Mehr sah ich leider nicht.» Während wir miteinander sprachen, waren wir bereits unterwegs zum ESAF-Gelände. Dort angekommen, wurden wir zu unserer grossen Enttäuschung allerdings nicht bis zum Stall der Lebendpreise vorgelassen. Ein Sicherheitsangestellter hielt alle Schaulustigen auf Abstand. So konnten wir nur aus Distanz beobachten, wie Polizisten mit ein paar Männern sprachen. Sie standen dort, wo am Tag zuvor noch Pauline Wayne II friedlich wiedergekäut hatte.

Sowohl Grossvater als auch Grossonkel konnte ich leider nicht ausmachen, und so schwanden meine Hoffnungen bald, dass ich an vorderster Front etwas mitbekommen könnte. Ich nahm allen Mut zusammen, schlängelte mich zu einem der in der Nähe des Stalls parkierten Polizeiautos durch und sprach einen Polizisten an.

«Ich möchte eine Aussage machen», gab ich kund. Das sagten die Zeugen in den Detektivromanen, die ich so gerne

las, auch immer, wenn sie etwas Wichtiges wussten. Doch der Polizist zuckte nur mit den Mundwinkeln und wies mich dann freundlich, aber bestimmt vom Platz. Enttäuscht kehrte ich zu Liridon zurück, der an der hinteren Ecke des Lebendpreisstalls gewartet hatte.

«Sei nicht traurig», sagte er. «Sollen die ihre Kuh doch ohne uns suchen. Wir können uns ja trotzdem auf die Socken machen.»

«Und sie suchen?»

«Klar.»

Cool! Das war eine Superidee! Schritt eins war schnell festgelegt: Die Route vom Tatort bis zur letzten Sichtung rekonstruieren. Also wieder zurück zum Wohnblock. Von dort folgten wir der Strasse bis zu dem Punkt, wo ich das eigenartige

Duo vergangene Nacht um die Ecke hatte verschwinden sehen.

«Der Dieb ist doch längst über alle Berge mit der armen Pauline Wayne», sagte ich. «In Pratteln kann man doch keine Kuh verstecken, ohne dass es auffällt. Und wenn es eine berühmte Kuh vom ESAF ist, dann umso weniger. Also ist sie sicher weg. Im Ausland. Oder im Schlachthof!»

Daran wagte ich allerdings fast nicht zu denken. Liridon war nicht so niedergeschlagen wie ich. Im Wald, auf einer Kuhweide oder auf einem Bauernhof könne man doch problemlos und unauffällig ein Rind unterbringen, sagte er: «Komm, wir folgen der Fährte mal ein wenig weiter.»

«Welcher Fährte denn?», wollte ich wissen.

«Dieser dort!» Triumphierend deutete er auf etwas dunkelbraunes Rundes, das in einigen Metern Entfernung auf der Strasse lag. Es war ein Kuhfladen. Die Entführte hatte sogar Spuren hinterlassen!

Auf gut Glück rannten wir los, vom Kuhfladen aus in Richtung des nächstgelegenen Waldes. Weil das einer der möglichen Orte war, wo man Kühe nicht auf den ersten Blick finden kann. Wir nahmen die Fussgängerunterführung unter der Bahnlinie durch und liefen dann durchs Gehrenackerquartier. Angestrengt hielten wir Ausschau nach weiteren Kuhfladen oder mindestens Heu- oder Strohhalmen. Zu finden war allerdings nichts.

«Phoa, wow, das ist ja voll das Abenteuer!», sagte Liridon. Wir waren sehr aufgeregt. Vielleicht eine Viertelstunde später fanden wir einen weiteren frischen Kuhfladen. Er lag auf der Strasse in der Nähe des alten Dorfs. Pratteln besteht nämlich bei Weitem nicht nur aus Mehrfamilienhäusern und Wohnblocks, sondern hat auch einen ursprünglichen Dorfkern, wo die Häuser noch aussehen wie vor langer, langer Zeit.

Mit grossen Dächern und Scheunentoren. Meine Grosseltern haben mir erzählt, dass die alte Hauptstrasse von Pratteln mit ihren Bauernhäusern früher schon beinahe das ganze Dorf war. Heute kann man sich das fast nicht mehr vorstellen, denn Pratteln sieht ja ganz anders aus. Es gibt grosse Fabrikhallen, ganze Wohnblocksiedlungen und auch immer mehr Hochhäuser. Das alles hat damit zu tun, dass vor fast zweihundert Jahren Salz im Boden gefunden wurde, hat mir Grosi erklärt. Salz war so wertvoll, dass man es sogar «das weisse Gold» nannte. Und es war nicht nur für den Menschen so bedeutend, sondern man konnte es auch für die Industrie gut gebrauchen. Darum baute man Fabriken in Pratteln. Diese brauchten Arbeiterinnen und Arbeiter, die wiederum Wohnhäuser benötigten, und so weiter. So wurde aus dem ehemals kleinen Bauerndorf eine kleine Stadt mit heute mehr als sechzehntausend Einwohnerinnen und Einwohnern.

Aber das war nun alles nicht das Thema. Wir suchten ja Pauline Wayne II. Leider fanden wir keine weiteren Kuhfladen mehr, obwohl wir wirklich dranblieben und gut Ausschau hielten. Nur auf dem Schmittiplatz machten wir eine kurze Pause, tranken und hielten die Arme bis fast zu den Schultern ins kalte Wasser des Brunnentrogs. Das tat gut! Dann gingen wir weiter, aber wir wussten bald nicht mehr, in welcher Richtung wir suchen sollten. Im alten Dorf, wo es vielleicht in einer alten Scheune ein geeignetes Versteck gab für eine Kuh – und eventuell sogar noch ein wenig Heu für sie? Oder eher weiter Richtung Wald? Oder genau in der entgegengesetzten Richtung, in einem der grossen Fabrikgebäude? Gewisse dieser Industriebauten würden wegkommen und ein ganz neues Quartier gebaut, hatte mir mein Grosi erzählt. Dann würde eine Kuh dort wohl auffallen, aber jetzt?

Ich war niedergeschlagen und fühlte mich mitschuldig am Verschwinden von Pauline Wayne. Hätte ich doch in der vergangenen Nacht Alarm geschlagen, dann wäre sie wohl längst wieder zurück im Stall bei den anderen Lebendpreisen. Aber wie hätte ich denn auch ahnen können, dass ich einen Kuh-Kidnapper auf frischer Tat beobachtet hatte…?

«Weisst du, manchmal weiss man etwas im ersten Moment einfach nicht so genau», versuchte Liridon mich zu trösten, «oder man hat eigentlich etwas ganz anderes gesucht als das, was man findet.»

Dann erzählte er mir die Geschichte eines Prattler Schülers, der vor bald fünfzig Jahren hier ganz in der Nähe Versteinerungen gesucht und stattdessen rein zufällig das älteste Werkzeug der Schweiz gefunden hatte.

«Das älteste Werkzeug der ganzen Schweiz?», staunte ich und stellte mir einen unglaublich alten, rostigen Hammer

vor. Oder vielleicht eine Zange? Nein, Hämmer waren sicher älter.

«Ja», nickte Liridon. «Der Faustkeil von Pratteln. Das haben wir in der Schule gelernt. Ein Faustkeil ist ein grosser Stein, den die Menschen vor enorm langer Zeit als Werkzeug benutzt haben. Zum Schlagen und Schaben und so. Damals, als es sogar noch Mammuts gab.»

Ich staunte noch mehr. Die Vorstellung, dass es hier in Pratteln einmal Mammuts gegeben hatte, war sehr abenteuerlich – und ich schob meine Schuldgefühle wegen Pauline Wayne beiseite. Schliesslich taten wir schon, was möglich war. Und weil im Moment nicht mehr viel möglich schien, brachen wir die Suche ab und machten uns auf den Heimweg. Zumindest vorerst. Denn ganz aufgeben wollten wir nicht.

Wir berieten uns und kamen zum Schluss: Wir machen weiter, aber wir brauchen Hilfe. Diese trommelte Liridon in hohem Tempo zusammen, indem er ein paar Textnachrichten verschickte. Und alle meldeten sich sofort, dass sie kämen: Alessia, Özlem, Serkan und Tim. Die vier Kinder, die wir gestern getroffen hatten. Dass Alessia ebenfalls dabei war, gefiel mir im ersten Moment zwar nicht, aber Liridon verteidigte sie: «Sie ist eigentlich ganz okay. Manchmal spinnt sie ein wenig, aber sie ist megaschlau. Wenn sie dabei ist, hat der Kuhdieb nicht mehr viel zu melden!»

Das wollte ich mal hoffen.

Kapitel 7
Wer könnte verdächtig sein?

Keine Stunde später ging es los! Zu sechst sassen wir auf dem Spielplatz hinter dem Wohnblock, in dem meine Grosseltern und Liridon zu Hause waren. Alle waren gekommen, und das fand ich toll. Noch besser war, dass sich Alessia mir gegenüber nicht mehr gemein verhielt. Sie war sogar richtig nett geworden und fand die Beobachtung, die ich nachts gemacht hatte, supercool, aber auch total spooky.

Als Erstes beschlossen wir, dass wir ein Detektivbüro gründen müssen. Dazu hatte Liridon bereits einen Chat eingerichtet, damit wir superschnell miteinander kommunizieren konnten. Am meisten freute es mich aber, dass ich Präsidentin des Detektivbüros werden sollte. Schliesslich hätte ich das Verbrechen ja beobachtet und sei deshalb am meisten involviert, meinte Alessia. Ich fühlte mich sehr geehrt. Niemand drängte sich vor und wollte selber Chef sein: weder Liridon, der die Sache zum Fliegen gebracht hatte, noch Serkan, der sicher zwei Jahre älter war als wir anderen und sonst eher wirkte wie einer, der gerne den Ton angab.

Ich wurde also zur Präsidentin ernannt. Dass ich nun die Ermittlungen leiten musste, machte mich zu Beginn etwas nervös. Aber ich wuchs sehr schnell in meine Aufgabe hinein. «Also, lasst uns alles Verdächtige zusammentragen, das wir gestern beim Stall beobachten konnten», sagte ich.

Serkan und Özlem – die übrigens Geschwister waren, wie ich erfuhr – sassen auf der höchsten Stelle des Klettergerüsts. Serkan behauptete, dass er von hier aus Ausschau nach Pauline Wayne halten könne. Das war natürlich Blödsinn; ich glaube, er hatte einfach sonst gern den Überblick. Özlem sagte vom Klettergerüst herunter: «Wir sollten nicht nur das Verdächtige aufschreiben. Jeder Detektiv muss sich auch alle anderen kleinen Details merken. Sogar solche, bei denen man zuerst gar nicht das Gefühl hat, dass sie verdächtig sind.»

Natürlich hatte sie recht. Wir trugen also zusammen. Jetzt, wo wir aufgeregt miteinander diskutierten, erinnerten wir uns an immer mehr eigenartige Dinge, die gestern passiert waren. Alessia hatte einen Notizblock und einen Kugelschreiber gezückt und begann, Protokoll zu führen. Natürlich kam uns sofort die junge Frau mit dem schwarzen Kapuzenpulli in den Sinn, die gestern so laut über das Wort «Lebendpreise» geschimpft hatte. Aber je länger wir redeten und nachdachten, desto mehr Ungereimtheiten fielen uns auf. Sie war bei Weitem nicht die Einzige, die sich verdächtig verhalten hatte.

«Da war doch dieser komische Typ mit Cowboyhut und Cowboystiefeln, der immer ganz nahe bei den Kühen stand und ebenfalls vom Platz geschmissen wurde», warf Özlem ein. Stimmt, nun erinnerte ich mich an ihn: Er hatte der Kapuzenfrau sogar vor die Füsse gespuckt. Wenn das kein zweifelhaftes Verhalten ist! Auch die anderen Männer, die sich in den Streit eingemischt hatten, schrieben wir auf. Aber gab es noch weitere Verdächtige?

«Da war auch noch ein anderer», sagte Tim, «einer so mit gestreiftem T-Shirt, der war total nervös und hat voll den Stress gehabt mit dem Mädchen, mit dem er unterwegs war. Der hat immer wieder auf die schwarze Kuh gezeigt.»

An diesen Verdächtigen konnte ich mich erst erinnern, nachdem Tim eine ziemlich genaue Personenbeschreibung abgelegt hatte. Er war mir eher unauffällig vorgekommen, im Gegensatz zu seiner Begleiterin. An deren laute Stimme und das höhnische Gelächter erinnerte ich mich noch gut. Da lachte Liridon auf: «Jetzt weiss ich, wen du meinst! Du meinst Marco. Der wohnt bei uns im Haus, Mann. Der ist aber total harmlos.»

Auch Serkan erinnerte sich nun: «Ah, du meinst den, der sich von seiner Alten ständig runtermachen liess? Der war doch voll der Loser, ey.»

«War das der, der mit seiner Freundin stritt, die so komisch redete?», wollte Alessia wissen. «Die hatte einen voll krassen Akzent. Ich kenne niemanden, der so redet.»

Nun musste ich insgeheim ein wenig schmunzeln. Die Freundin des komischen jungen Mannes gestern hatte nämlich Walliserdeutsch gesprochen. Ich weiss das, weil die Eltern meiner besten Freundin das auch tun. Wahrscheinlich gibt es in Pratteln nicht so viele Menschen, die Walliserdeutsch reden. Obwohl in dem Ort Menschen aus über hundert verschiedenen Ländern leben. Das hat mein Grosi mir mal erzählt, aber über solche Dinge mache ich mir eigentlich nie Gedanken. Von mir aus können die Menschen auch aus tausend Ländern kommen. Und sowieso ist das Wallis gar kein Land, sondern ein Kanton. Auf die Dialekte achte ich allerdings schon ein bisschen, weil meine Mama einen anderen hat als mein Papa. Ich habe beide: In der Schule spreche ich Berndeutsch, aber hier, bei meinen Grosseltern, wechsle ich ganz automatisch auf Baselbieterdeutsch.

Neben dem verdächtigen oder eben nicht verdächtigen Marco gab es noch weitere Leute, die für uns durchaus infrage kamen, die Kuh entführt zu haben. Ein Bauer zum Beispiel, der die Tiere alle mit prüfendem Blick angeschaut hatte, als würde er sich überlegen, das eine oder andere kaufen zu wollen. Oder eben klauen!

Eine weitere Frage war natürlich: Wenn wir den Verdächtigen haben, wo finden wir ihn? Oder noch besser, wo finden wir die Kuh? Das Rätsel des Verstecks liess die Fantasie meiner neuen Freundinnen und Freunde noch mehr anwachsen als das Zusammentragen von möglichen Übeltätern. Serkan hielt sogar sämtliche grünen Plätze des Dorfes für mögliche Verstecke: «Eine Kuh braucht nun mal Gras, Mann! Wir sollten sicher mal den Jörinpark abchecken und die Hexmatt unter die Lupe nehmen.»

«Hexmatt?», fragte ich. Das klang mir nicht ganz geheuer. Die anderen Kinder erklärten mir, dass es auf der Hexmatt Fussballplätze gebe. Früher habe man geglaubt, dass sich dort die Hexen versammelten. Heute wisse natürlich jedes Kind, dass das Blödsinn sei. Ich war beruhigt. «Vielleicht ist die Kuh auch auf den Sportanlagen in der Sandgrube oder im Schwümbi? Da gibts auch Gras», meinte Serkan, der seine Theorie, dass man das Tier beim Futter finde, sehr überzeugend fand.

«An einem so schönen warmen Sommersonntag, wo der ganze Rasen im Schwümbi voller Menschen und Badetücher ist? Meinst du nicht, das würde auffallen, wenn Pauline Wayne II da rumtobt?», kicherte Özlem. Alessia fragte: «Kann sie denn schwimmen? Stell dir vor, die Kuh im Bikini!» Alle prusteten los. Nur Tim setzte plötzlich ein ganz ernstes Gesicht auf und fragte: «Hat sie eigentlich Hörner?»

Nicht alle konnten sich daran erinnern, aber ich war mir ganz sicher: Ja, sie hatte Hörner. Deshalb nickte ich.

«Oh Shit», war Tims Antwort. Alle sahen ihn fragend an und er genoss die ungeteilte Aufmerksamkeit sichtlich. Er machte es noch etwas spannend und fuhr endlich fort: «Ich weiss nicht, ob ihr diesen alten Brauch von Pratteln kennt. Es gibt die Hornbuebe, und die brauchen Kuhhörner.» Er erzählte, dass die Hornbuebe immer vor der Fasnacht hornend und klappernd durchs alte Dorf unterwegs sind und alte Märsche spielen. Diese heissen zum Beispiel «Schuufle und Charscht», benannt nach alten Werkzeugen zum Bearbeiten der Reben im Weinberg. Den Brauch gibt es nur in Pratteln, er ist einzigartig in der ganzen Schweiz. Tim weiss das von seinem Vater, der war da mal dabei. Zwar verwenden die Hornbuebe zum Hornen normalerweise die Hörner von afrikanischen Watussirindern. Aber wer sagt schon, dass ihnen das reicht?

«Du glaubst, jemand hat Pauline Wayne II entführt, um ihr die Hörner abzuschneiden?» Özlem wurde bleich und hielt sich am Klettergerüst fest, als hätte dieses plötzlich zu schwanken begonnen: «Wie die Wilderer in Afrika es mit den Elefanten und den Nashörnern tun?»

Davon hatte ich auch schon gehört und sogar einmal eine Fernsehsendung darüber gesehen. Vor lauter Schreck wurde mir fast übel. Auch den anderen ging es ähnlich. Aber ich war die Präsidentin unseres Detektivbüros – und von einer Präsidentin wird immer, wenn es schwierig wird, ein klares Wort erwartet. Deshalb bestimmte ich: «Wir dürfen keine Sekunde mehr verlieren. Wir müssen Pauline suchen! Wir schwärmen aus und alle melden jede noch so kleine verdächtige Beobachtung im Chat.»

Kapitel 8
Mit Trotti und Feldstecher

So machten wir es. Wir zogen also los: Serkan mit Tim, Alessia mit Özlem und ich mit Liridon. Zuerst diskutierten wir noch kurz darüber, ob wir noch weitere Kinder zu Hilfe holen sollten, fanden dann aber, dass ein kleines, übersichtliches Detektivbüro vielleicht doch besser sei. So ist es einfacher, den Überblick zu behalten. Zudem galt es, unnötiges Aufsehen zu verhindern, sonst würden die Erwachsenen nur noch auf die Idee kommen, uns unsere Arbeit zu verbieten.

Ich meldete mich bei meinen Grosseltern ab und schwindelte ihnen vor, dass wir wieder das Eventdorf besuchen würden. In einem unbeobachteten Moment schnappte ich Grosspapis Feldstecher vom Schuhkästchen bei der Garderobe. Eine Lupe fand ich in der Eile leider nicht, und danach zu fragen traute ich mich nicht. Was hätte ich denn sagen sollen, weshalb ich im Eventdorf eine Lupe benötigte?

Um schneller unterwegs zu sein, brachen wir diesmal nicht wieder zu Fuss auf, sondern mit dem Trotti. Schliesslich durfte keine Zeit mehr verloren werden, wenn Pauline Wayne II vielleicht in Todesgefahr schwebte.

Als Erstes fuhren wir so schnell wir konnten hoch zum Hagenbächli, weil man von da eine gute Aussicht hat. Wir postierten uns neben dem kleinen Häuschen, das wie auf einer Terrasse oberhalb des Dorfs steht. Seinen komischen Namen hat es von einem Pfarrer, der Hagenbach hiess und vor bald vierhundert Jahren hier seine Sonntagspredigten schrieb. Sicher genoss der Pfarrer damals die Aussicht, als er sich überlegte, was er den Menschen in der Kirche erzählen sollte. Wir genossen den Rundblick nicht wirklich, sondern guckten abwechselnd und angestrengt durch Grosspapis Fernglas und suchten das Dorf ab. Aber es war zum Verzweifeln: Nirgendwo auch nur die kleinste Spur von der entführten Kuh. Immer wieder meldeten uns unsere Handys, dass Nachrichten im Chat eingegangen waren. Die waren aber auch nicht ermutigender. «Tote Hose beim Bahnhof», hiess es, oder «Alles entlang der Tramlinie abgesucht: Pauline nirgends!».

Es gab nur eine einzige Erfolgsmeldung, als Özlem schrieb: «Haben eine Frau getroffen, deren Blumen im Vorgarten niedergetrampelt waren. Das war sicher Pauline!!» Na ja, so richtig erfolgreich war auch diese Beobachtung nicht. Denn die Täterin – falls es denn wirklich die von uns gesuchte Kuh war – war längst nicht mehr da. Leider verlief auch die

Spur der jungen Frau mit Kapuzenpulli im Sand. Tim hatte geglaubt, sie eventuell zu kennen. Aber nachdem er sich mit Serkan vor der entsprechenden WG auf die Lauer gelegt hatte, stellte sich heraus, dass die, die dort wohnte, doch nicht die Gesuchte war.

Während wir weiter ziemlich ziellos kreuz und quer durch Pratteln fuhren, machten sich in mir allmählich Enttäuschung und Müdigkeit breit. Irgendwie hatte ich mir das Führen eines Detektivbüros spannender vorgestellt. Zudem sah ich auch immer wieder auf mein Handy in der Hoffnung, dass sich meine Eltern endlich wieder melden würden. Lagen sie denn eigentlich noch im Spital oder waren sie schon zu Hause? Würde ich heute oder erst morgen nach Hause fahren? Holten sie mich mit dem Zug ab oder würden meine Grosseltern mit mir nach Bern fahren? Oder würden sie sogar beschliessen, ich sei gross genug, um ganz allein im Schnellzug reisen zu können? Und überhaupt: Wieso wurde ich nicht informiert, was los war, wie es Mama und Papa ging und wo ich bleiben würde?

Die Situation machte mich immer trauriger – und auch wütender. Plötzlich wollte ich gar nicht mehr nach Pauline Wayne II suchen. Wenn meine Eltern nicht diesen Autounfall gehabt hätten, hätte ich letzte Nacht in meinem eigenen Bett geschlafen und wäre nicht mitten in der Nacht am Fenster gesessen. Dann hätte ich gar nicht gesehen, wie sie entführt wurde, und wäre nun auch nicht so übermüdet. Was ging mich denn diese blöde Kuh an? Sollte doch die Polizei nach ihr suchen!

Auf einmal merkte ich, wie mir Tränen über die Wangen liefen, während ich mich bemühte, Liridon zu folgen, der eine Quartierstrasse nach der nächsten unter die Räder nahm. Ich

versuchte, mir die Tränen mit dem Arm vom Gesicht zu wischen. Aber solche Dinge sollte man niemals tun, wenn man in voller Fahrt mit dem Trottinett unterwegs ist und dann auch noch ein Hindernis kommt. Mit nur einem Arm am Lenker und dem anderen vor den verheulten Augen verlor ich beim Überfahren eines Trottoirrands nämlich das Gleichgewicht und fiel hin. Sofort bremste Liridon ab und drehte sich um. Ich lag am Boden. Mein Knie war aufgeschlagen und die Hände blutig. Es tat höllisch weh, und nun überfielen mich die Trauer und die Wut wie eine grosse Welle, gegen die ich mich nicht wehren konnte. Was für ein dummer, dummer Tag. Zum Glück glaubte Liridon, dass ich losheulte, weil ich mir beim Sturz wehgetan hatte. Etwas unbeholfen wischte er meine Hände mit einem Zipfel seines T-Shirts ab und versuchte, mich zu trösten. Das tat er wohl auch bei seinen kleinen Schwestern. Die Sache war zwar einerseits sehr peinlich, aber andererseits auch irgendwie megaschön.

Das Gute an meinem kleinen Unfall war, dass ich unsere Suche sofort für beendet erklären konnte, ohne dass Liridon nach dem Warum fragte. Ich wollte zurück zu meinen Grosseltern. Und das taten wir auch. Mein Grosi verarztete mich und dann setzte sie uns beiden erfolglosen Detektiven ein feines Zvieri vor. Ich war endlos glücklich darüber, dass sie da war.

Kapitel 9
Eine heisse Spur!

Die entführte Kuh vergessen konnte ich an diesem Sonntagnachmittag allerdings doch nicht. Nachdem Knie und Hände fast nicht mehr schmerzten und unser Bauch mit Leckereien gefüllt war, kehrte Liridon in seine Wohnung zurück. Ich telefonierte mit meiner Mama, doch dann setzte sich ganz automatisch Pauline Wayne II wieder in meinem Kopf fest. Ständig meldete mein Handy den Eingang von neuen Nachrichten im Detektivchat. Özlem und Alessia waren in der Nähe des Eventdorfs unterwegs, weil es dort ja ausreichend Wiesen und Wald gab. Serkan und Tim checkten mittlerweile das Gebiet rund um den Robinsonspielplatz Lohag, denn auch dort befand sich Tierfutter. Sogar Heu. Sie waren auch kreuz und quer in der Längi unterwegs. Dieses Quartier liegt zwar etwas abgeschottet von Pratteln, aber vom Spielplatz aus ist es nicht mehr weit – und wer sagt denn, dass Pauline Wayne II nicht auch dort sein könnte? Immer wieder meldeten sie, dass sie nichts gefunden hatten.

«Stell doch mal dieses blöde Gebimmel ab.» Mein Grosi wirkte leicht genervt, nachdem sicher die zwanzigste Nachricht eingegangen war. Als ich sagte, dass dies leider nicht gehe, wurde sie umso neugieriger. Was ich denn hier Wichtiges habe, meinte sie.

«Nichts!», sagte ich hastig. Wenn sie wüsste, wem wir hinterherjagten, würde sie sicher schimpfen. Bereits am Morgen hatte mein Grosi ja unmissverständlich klargemacht, dass das Suchen von gestohlenen Kühen Aufgabe der Polizei war und die «Gwundernase» von Kindern bei Ermittlungen nichts verloren hatte. Ha!

Um sie nicht noch neugieriger zu machen, stellte ich das Handy auf lautlos. Deshalb hätte ich fast die entscheidende Meldung verpasst. Denn es kam ein weiteres Foto von Tims Handy. Wieder ein Kuhfladen! Ziemlich frisch! Ich sprang auf. Meine Grossmutter, die mit mir am Tisch sass, sah mich kritisch an.

«Ich muss wieder mit Liridon spielen gehen», sagte ich hastig.

«So, so. Ganz plötzlich?»

«Ja, ich hab vergessen, ihm was zu sagen.»

Meine Grossmutter schaute durchdringend. Allein mit diesem Blick stoppte sie mich, bevor ich aus der Tür hatte entwischen können: «Nun aber mal langsam, Fräulein!»

«Fräulein» sagte Grosi jeweils nur, wenn sie mit meinem Verhalten ganz und gar nicht einverstanden war. Immer wenn sie dieses komische, altertümliche Wort brauchte, wusste ich, dass äusserste Vorsicht angebracht war. Ich setzte mein unschuldigstes Lächeln auf: «Ja?»

In diesem Moment klingelte es. Als ich losspurten wollte, hielt meine Grossmutter mich sanft, aber bestimmt am Arm zurück und öffnete dann selber die Wohnungstür. Ich linste hinter ihrem Rücken hervor. Im Treppenhaus stand Liridon, der nervös von einem Fuss auf den anderen trat.

«Ich war eben in der Waschküche», platzte er heraus. «Dort stinkt es mega nach Kuhfladen!»

Auch ihn traf Grosis Blick, und augenblicklich schien er ein wenig kleiner zu werden. Bevor ich ihm mit Zeichen zu verstehen geben konnte, dass er ab sofort kein Sterbenswörtchen mehr über Kühe, Fladen und ähnliche Dinge in Anwesenheit meiner Grossmutter verlieren sollte, fragte sie: «Und was ist daran so spektakulär, dass ihr beide offenbar vollkommen die Vernunft verloren habt?»

«Ich … wir … nichts», stammelte ich. Aber Liridon fing sich sehr schnell und sagte versöhnlich: «Komm, wir weihen sie ein.»

Ich erschrak: «Aber es ist doch geheim, haben wir gesagt!»

«Schon. Aber deine Oma ist die coolste alte Frau, die ich kenne. Die hält dicht.»

«Das mit der alten Frau will ich überhört haben, junger Mann», antwortete Grosi, aber sie lächelte. Dann wies sie uns beide an, uns wieder an den Tisch zu setzen und wollte ganz genau wissen, was hier eigentlich vor sich ging.

Kapitel 10
Grosi im Team

Wenige Minuten später wusste mein Grosi Bescheid. Sie fand es zwar, wie sie sagte, immer noch «etwas übertrieben», dass uns das Auffinden der entführten Kuh so viel bedeutete. Aber wenigstens verbot sie uns das Weitermachen nicht. Und das war das Entscheidende. Grosspapi habe erzählt, dass das Tier noch nicht wiedergefunden worden sei, sagte sie. Die Polizei ermittle immer noch «in alle Richtungen». Hui, das klang spannend. Mit Grosi im Team nahm die Sache wieder Fahrt auf.

«Ja, vielleicht in alle Richtungen. Aber die Polizei ermittelt nicht in unserer Waschküche. Und dort stinkt es mega nach Kuhmist», rief Liridon uns unsere eigene Aufgabe wieder in Erinnerung.

«Die Waschküche hier bei uns im Haus?», wollte Grosi wissen. Liridon nickte so eifrig, dass seine Haare wild auf- und abhüpften. Mein Grosi überlegte. «Heute ist Sonntag, das heisst, niemand hat offiziell Waschtag. Als Grosspapi Ruedi vorhin im Keller war, hat er Marco getroffen, aber dass der wäscht, kann ich mir irgendwie nicht vorstellen. Seine Eltern sind ja in den Ferien.»

«Marco hat ganz viele Fähnchen an seiner Wohnungstür aufgehängt. Das hab ich gesehen, als wir nach Hause kamen», gab Liridon zu Protokoll. «So mit roten und weissen Sternen. Solltest du doch auch gesehen haben, Lena, oder?»

Richtig, nun kam es mir in den Sinn. Nach meinem Trottinettunfall hatte ich dem Türschmuck in der Wohnung im ersten Stock des Wohnblocks keine Beachtung geschenkt, aber nun erinnerte ich mich. Ich wusste sogar, was das für Flaggen waren: jene des Kanton Wallis.

«Hat der einen Wallis-Tick oder was?» Liridon schüttelte voller Unverständnis den Kopf. Mein Grosi erklärte, dass die neue Freundin von Marco aus dem Wallis stamme. Ihren Namen habe sie vergessen, aber wahrscheinlich wolle Marco ihr imponieren, mit den Flaggen und mit ohrenbetäubender Sina-Musik aus seinen Boxen, die am Vormittag gelaufen sei. «Gestern Abend hat er das ganze Treppenhaus mit Raclettegeruch gefüllt», fügte sie hinzu und schmunzelte. Dann fügte sie nachdenklicher hinzu: «Ich glaube allerdings, sie haben es nicht sehr einfach im Moment. Der Junge bemüht sich mit allen Mitteln um seine Angebetete, aber sie scheint nicht sehr überzeugt von ihm zu sein.»

Na ja, dass Liebe kompliziert sein kann, das ist offenkundig. Das Internet ist ja voll davon, und man braucht nur die älteren Jahrgänge der Schule zu beobachten. Bei den grösseren Jungs und Mädchen dreht sich vieles um die Liebe. Fast alles eigentlich, könnte man manchmal glauben. Aber die Liebe ist zum Glück ja auch ganz oft weder kompliziert noch mühsam, sondern spannend, aufregend und schön. Auch davon ist das Internet voll.

«Nun aber fertig mit dem Ablenken. Zurück zu eurem plötzlichen Interesse an Kuhfladen», sagte mein Grosi. «Bevor ihr beiden Meisterdetektive auch nur einen einzigen Schritt macht, wird das mit mir abgesprochen und basta!» Mist, meine Grossmutter durchschaute uns. Sie zog die Augenbrauen hoch und fuhr fort: «Ihr werdet nicht mehr ohne Plan und wie die Besessenen durch Pratteln rasen, um irgendeine gestohlene Eringer Kuh...»

Mitten im Satz hielt sie inne und riss die Augen auf. Liridon und ich schauten sie beide fragend an. Hatte sie sich verschluckt? Brauchte sie Hilfe? Als sie sich nicht bewegte, bekam ich es ein wenig mit der Angst zu tun und fragte vorsichtig: «Grosi? Ist was?»

Ihre Stimme war ganz leise, als sie sagte: «Die Eringer Kuh. Die ist auch ein Symbol des Wallis. Wie Raclette und Sina und rote und weisse Sterne.»

Ich kombinierte. Oh! «Glaubst du, Marco hat sie mitgenommen, um seiner Freundin zu imponieren? Das wäre ja...»

«Ich weiss es nicht. Vielleicht. Und das werden wir nun herausfinden!»

Wow. Für diesen letzten Satz aus ihrem Mund liebte ich mein Grosi noch viel, viel mehr, als ich es sowieso schon tat. Die wahre Detektivpräsidentin, die war nämlich nicht ich, sondern sie!

Kapitel 11
Beschatten und verfolgen

Es war nicht einfach, die Beweise wirklich zu finden. Zuerst mussten wir uns einen Plan zurechtlegen, um den jungen Nachbarn unauffällig aushorchen zu können. Dabei durften wir natürlich nicht verraten, dass wir Verdacht geschöpft hatten. Nicht, dass er Pauline Wayne II noch rechtzeitig wegbringen konnte! Oder dass er uns, wenn er vielleicht doch unschuldig war, bis ans Ende seiner Tage auslachte! Ich war mir nicht ganz sicher, was ich die schlimmere Variante fand. Aber nun, da unser Detektivbüro unerwarteten Zuwachs bekommen hatte, war ich ziemlich zuversichtlich, dass wir das Rätsel würden lösen können.

Schritt eins: Marco beschatten! Diese Aufgabe liess sich relativ leicht lösen, da seine Wohnung direkt unter der meiner Grosseltern lag. Leise schlichen wir zu dritt auf den Balkon und horchten, ob man aus seiner Wohnung etwas hören konnte. Liridon und ich legten uns dazu sogar flach auf den kalten Betonboden und versuchten, durch das Regenabflussrohr noch mehr zu hören. Offenbar war Marco zu Hause. Seine Eltern hingegen waren ja in den Ferien und der grosse Bruder sogar für einige Monate auf Reisen. Die Geräusche aus der Wohnung mussten also von Marco stammen. Und dass er allein zu Hause war, erklärte vielleicht auch, warum er die Walliserfähnchen an der Wohnungstür aufgehängt hatte. Oder besser gesagt, warum niemand darüber reklamiert hatte.

Zuerst war das Beschatten langweilig, weil Marco einfach Musik hörte. Doch endlich passierte etwas! Er stellte die Soundanlage ab und schien mit seiner Freundin zu telefonieren. Aufgeregt winkte ich Grosi und Liridon, die sich eben eine Pause gegönnt hatten, zu mir.

Es waren nur Gesprächsfetzen, die wir verstanden. Aber es wurde klar, dass Marco dem Mädchen eine Überraschung machen wollte. Etwas, das megaviel Wallis sei, wie er sagte. Er bestellte sie in einer Stunde an die Ergolz bei den Wasserfällen.

«Glaub mir, du wirst es nicht bereuen. Du wirst sehen, was ich draufhabe», sagte er noch. Dann war wieder Ruhe. Atemlos horchten wir. Als Marco im ersten Stock das Fenster schloss, wussten wir, dass es ernst galt.

«Wir müssen los», sagte Liridon und sah mich an. «Kommst du wieder mit? Trotz Trottinett?»

Ich dachte nur eine halbe Sekunde an mein verbundenes Knie und die Pflaster an meinen Händen. «Klar», sagte ich. Als wir eben zur Tür rennen wollten, räusperte sich meine Grossmutter laut und deutlich. Überdeutlich sogar. Unsere Köpfe schnellten zu ihr.

«Hört mal, ihr Meisterdetektive. Ihr nehmt die Verfolgung nicht alleine auf. Und ihr lasst dieses Mal auch die anderen Kinder aus dem Spiel. Wir machen es so: Entweder ich komme mit oder wir bleiben alle drei hier in der Wohnung, spielen Uno und vergessen die Kuh.»

Entsetzt starrten wir Grosi an: «Nein!»

Sie grinste: «Also. Dann wartet ihr am Eingang, bis ich mein Velo aus dem Keller geholt habe. Schaut schon mal, welche Richtung Marco einschlägt. Aber seid unauffällig! Er darf keinen Verdacht schöpfen. Alles Weitere erkläre ich euch später.»

Dass wir Alessia, Özlem, Serkan und Tim nichts von unserer neuen heissen Spur verraten durften, fand ich in diesem Moment unfair. Erst später begriff ich, warum mein Grosi dies so entschieden hatte. Schade war es zwar immer noch, aber immerhin verständlich.

Keine drei Minuten später fuhren wir zu dritt heimlich hinter Marco her. Dieser war zum Glück nicht mit seinem Mountainbike, sondern mit dem Rollbrett unterwegs, was uns die Verfolgung erleichterte. Wir fuhren durchs Rankackerquartier. Im Westen türmten sich hohe Gewitterwolken auf. Vielleicht würde es bald zu regnen beginnen. Etwas später folgten wir dem Weg der Eisenbahn entlang, die Richtung Rheinfelden fährt, und über die Autobahn. Unter uns brausten die Autos durch, linker Hand spannte sich die Autobahnraststätte über die beiden Fahrbahnen. Ich dachte daran, dass dieses eigenartige gelbe Gebäude oft das Einzige ist, das die Leute aus dem Rest der Schweiz von Pratteln kennen. Irgendwie komisch. Mein Grosi hatte einmal gesagt: «Abermillionen Menschen sind in Pratteln, jedes Jahr. Aber die meisten erfahren es gar nie.»

Nun war aber nicht der richtige Moment, über solche Dinge nachzudenken. Es galt, Marco nicht aus den Augen zu verlieren. Nachdem er die Autobahn auf der Brücke überquert hatte, drehte er sich mal kurz um. Aber zum Glück hatte uns meine Grossmutter eingeschärft, was wir in einem solchen Fall zu tun hatten: Nicht davonrasen oder sich in ein Gebüsch werfen, sondern einfach weiterfahren, als sei nichts gewesen. Schliesslich sollte es so aussehen wie eine normale Sonntagsausfahrt, die eine ältere Frau auf dem Velo mit zwei Kindern auf dem Trotti unternahm. Puh, das war echt anstrengend!

«Meinst du wirklich, dass er Pauline Wayne II hier irgendwo versteckt hat?», raunte ich meinem Grosi zu.

«Wir werden es bald erfahren», meinte sie und sagte dann, dass die Kuh jedenfalls keine schlechte Wahl sei, wenn Marco wirklich alles suche, was echt Wallis sei. Genauso, wie es Leute gebe, die alles aus den USA sammeln, gebe es sicher auch die totalen Wallis-Fans. Bei Marco habe es wohl allerdings mehr mit seiner Freundin als mit dem Kanton an sich zu tun.

«Wieso muss Marco denn etwas stehlen, um das Mädchen zu beeindrucken?»

«Das weiss ich nicht. Menschen machen manchmal komische Dinge, wenn sie glauben, dass andere sie dann toller finden.»

Liridon, der eine ganze Weile schweigend neben uns hergefahren war, verzog das Gesicht und meinte: «Der hätte sogar das Matterhorn mitgenommen, wenn es nicht zu schwer wäre.»

Das fand ich etwas gemein. Na ja, auch Liridon kann manchmal nerven.

Kapitel 12
Im Dunkeln der Salzbohrtürme

Wir fuhren Richtung Längi. Liridon freute sich schon. Bis vor drei Jahren – als seine Familie in den Wohnblock zu meinen Grosseltern gezogen war – hatte er nämlich selber dort gewohnt. Doch die Verfolgung war bei den alten Salzbohrtürmen zu Ende. Das ist eine Reihe von eigenartig aussehenden alten Häusern aus Holz, die ganz in der Nähe der Autobahn stehen. Dorthin wurden sie im Frühling verpflanzt, weil es an ihrem früheren Standort eine grosse Baustelle für eine neue Strasse gibt. Zwei von den alten Holzgebäuden haben einen hohen Turm, der nach oben immer schmaler wird. Früher holte man mithilfe dieser Bohrtürme das Salz aus dem Boden. Heute werden sie nicht mehr gebraucht, aber sie erinnern an die alten Zeiten, als die Maschinen zur Salzförderung noch mit Dampf und vorher sogar noch von Hand angetrieben wurden.

In der Nähe dieser alten Holzhäuser versteckte Marco sein Rollbrett im hohen Gras, trat an die Tür des einen Turms und öffnete sie.

«Wow, der hat sogar einen Dietrich!» Ich war voller ehrlicher Bewunderung. Schon oft hatte ich mir gewünscht, über einen solchen Schlüssel zu verfügen, der in Detektivgeschichten oft auftauchte und mit dem man einfach alle Türen öffnen konnte. Egal, ob man dazu berechtigt war oder nicht.

Vorsichtig näherten wir uns.

«Muuuh!», ertönte es plötzlich aus dem Inneren. Pauline Wayne II!

«Sie ist da drin.» Vor lauter Aufregung war meine Stimme ganz hoch und piepsig. Mein Grosi stieg vom Velo.

«So, jetzt beenden wir das Kinderspiel», sagte sie. Dann erklärte sie uns, was sie vorhatte. Atemlos hörten Liridon und ich zu, auch wenn wir, wie wir bald erfuhren, nur zum Beobachten und Wacheschieben abkommandiert wurden und nicht zum grossen Eingreifen. Leider. Grosi würde nun reingehen und mit Marco reden.

«Ihr wartet derweil draussen. Mit Marco komm ich alleine klar, den kenne ich, seit er ein kleiner Junge ist. Auch wenn er einen Blödsinn gemacht und sogar einen Diebstahl begangen hat, gefährlich ist er nicht. Aber ich weiss nicht, ob die Kuh da drin verängstigt ist. Nur wenn ich in einer Viertelstunde nicht zurück bin, dürft ihr reinkommen. Keine Sekunde früher. Wenn ich um Hilfe rufe, dann benachrichtigt Grosspapi. Aber ansonsten: Still sitzen und warten, okay?»

Wir nickten. Zum Stillsitzen waren wir allerdings zu nervös. So traten wir von einem Fuss auf den anderen und knabberten aufgeregt an den Fingernägeln, während mein Grosi im Salzbohrturm verschwunden war. Was die beiden beredeten, konnten wir nicht verstehen. In der Nähe rauschte die Autobahn. Es waren sicher die längsten Minuten meines Lebens!

Immer wieder schaute ich auf mein Handy. Die Zeit wollte nicht verstreichen. Dann öffnete sich endlich die dunkle Tür zum Bohrturm und Marco trat heraus. Wir erstarrten und getrauten uns kaum, uns zu bewegen. An seinen Augen konnte ich sehen, dass er geweint hatte. Ohne uns anzusehen, ging er zu seinem Rollbrett, fischte es aus dem hohen Gras und fuhr wortlos davon. Wir starrten ihm hinterher.

Dann schnaubte es, und die schwarze Schnauze von Pauline Wayne II erschien im Türrahmen. Vorsichtig blinzelte die Kuh ins Licht. Grosi Luise sprach beruhigend auf sie ein, während sie sie an einem Strick aus dem Bohrturm herausführte.

Liridon und ich lösten uns aus unserer Erstarrung, sprangen zu meiner Grossmutter hin und löcherten sie mit Fragen. Doch sie befahl uns, keine schnellen Bewegungen zu machen und nicht so wild durcheinanderzuplappern, um die Kuh nicht zu erschrecken. Nochmals so eine schwierige Aufgabe!

Schliesslich beruhigten wir uns und mein Grosi berichtete, was passiert war: Marco hatte wirklich die Walliser Kuh entführt und hier versteckt, um seine Freundin zu überraschen. Er wollte sie davon überzeugen, dass er ein mutiger Kerl war, der keinen Aufwand scheute, um sie zu beeindrucken. Leider ging der Plan nach hinten los, denn die Freundin hatte gar keine Lust mehr, sich von ihm beeindrucken zu lassen. Mein Grosi konnte ihm schliesslich klarmachen, dass die Sache

mehr war als ein Bubenstreich und ihn der Diebstahl richtig in Schwierigkeiten bringen konnte.

«Und dann?», wollte Liridon wissen und hielt Pauline Wayne II ganz vorsichtig seine Hand hin, damit sie sie beschnuppern konnte.

«Dann haben wir abgemacht, dass er von hier verschwindet. Die Salzbohrtürme hat er ausgewählt, weil er sie für das beste Versteck für etwas hielt, das an einem solchen Ort sicher niemand vermutet. Irgendwie hatte er ja recht, aber genützt hat es ihm dennoch nichts. Marco hat mir auf jeden Fall hoch und heilig versprochen, dass er nie mehr eine solche Dummheit machen wird.»

«War er nicht wütend, weil du ihn ertappt hast?»

«Nein, er war eher traurig. Aber nicht wegen mir, sondern wegen seiner Situation. Ich habe ihn ein wenig getröstet. Es hat ihm sichtlich gutgetan, darüber zu reden. Und ich habe ihm auch einige Tipps gegeben, was jungen Frauen besser gefallen könnte als eine geklaute Kuh.»

«Ui, hast du ihm voll die Flirtberatung gegeben?» Liridons Augen wurden immer grösser. Grosi lachte: «Ja, stell dir vor, auch eine alte Frau war mal eine junge Frau. Oder ist es eigentlich immer noch – einfach mit viel mehr Lebenserfahrung. Und vor allem habe ich genug Lebenserfahrung, um zu wissen, dass es bei gewissen Menschen völlig nutzlos ist, um sie zu werben. Wenn sie nicht wollen, gibt es nur Kummer und sonst nichts. Liebe lässt sich nicht erzwingen. Aber wo die Liebe erwidert wird, ist sie das Beste auf der Welt.»

Kapitel 13
Reden ist Silber, Schweigen ist Gold

Der Fall war also gelöst. Mit einem Ende, das wir so nicht erwartet hätten. Liridon und ich mussten hoch und heilig versprechen, dass wir niemandem ein Sterbenswörtchen darüber verrieten, was mit Pauline Wayne II wirklich geschehen war. Auch dem Rest unseres Detektivbüros nicht. Das verstanden wir, auch wenn es schwierig war und meine neuen Freundinnen und Freunde mir leidtaten, weil sie sich doch auch so stark eingesetzt hatten. Aber Marco tat mir auch leid, und er hatte es wirklich nicht verdient, nur wegen einer blöden Idee überall als liebeskranker Dieb verschrien zu sein. Auch wenn die Idee echt unglaublich blöd gewesen war.

Mein Grosi war konsequent. Sie wollte nicht, dass halb Pratteln über seine Tat redete. Und da hatte sie recht, dass es wirklich am einfachsten war, wenn möglichst niemand davon erfuhr. Sie würde sogar nicht einmal Grosspapi einweihen, sagte sie. Liridon und ich versprachen, es ebenfalls niemandem zu verraten.

Was uns nun zugutekam, war der Gewitterregen. Nach dem heissen Sonntagnachmittag ergoss er sich wie auf Kommando aus den finsteren, aufgetürmten Wolken, die mittlerweile Pratteln erreicht hatten. Er fegte sofort alle Leute in der näheren und weiteren Umgebung von den Spazierwegen und Radstrecken wie ein kräftiger Windstoss das Herbstlaub. So konnten wir mit Pauline Wayne II das Gelände bei den Salzbohrtürmen verlassen, ohne dass es jemand sah. Das mit dem Regen war für uns ein guter Zufall. Oder hatte vielleicht doch noch der Madlenjäger seine Finger im Spiel…?

Wir waren alle sofort klitschnass, nur der Kuh schien das Wasser nichts auszumachen. Vertrauensvoll liess sie sich von meiner Grossmutter über den Feldweg führen, weg von den Salzbohrtürmen. Mein Grosi hat ja – vor langer, langer Zeit, als sie noch ein Kind war – auf einem Bauernhof gelebt. Deshalb weiss sie, wie man mit Kühen umgeht. Als sie sah, wie entspannt Pauline Wayne II neben uns hertrottete, erlaubte sie sogar, dass wir sie streichelten.

Am liebsten wäre ich mit Pauline bis zum ESAF-Gelände zurückgegangen. Aber mein Grosi brachte den Entführungsfall anders zu Ende. Sie rief die Polizei an und meldete den Fund der gekidnappten Kuh. Weil sie nicht wollte, dass wir zu stark in die Sache hineingezogen wurden, schickte sie uns gleich nach dem Telefonat nach Hause. Auch das war irgendwie nicht fair, aber Liridon und ich machten mit. Vielleicht wollte sie nicht, dass wir zuhören konnten, wenn sie die Polizei belog. Sie musste ja erzählen, dass sie die Kuh einfach so zufällig gefunden hatte. Sonst hätte sie Marco verraten müssen.

Ich fand es zwar sehr schade, aber ich konnte verstehen, dass wir nicht dabei sein durften. Schliesslich sagte mein Grosi immer, dass man nicht lügen dürfe. Wahrscheinlich war es ihr darum etwas peinlich, wenn sie es trotzdem tat, auch wenn es eine Notlüge war. Und das wiederum verstand ich gut.

Kapitel 14
Das Ende der Ferien

Am nächsten Tag waren alle glücklich: Pauline Wayne II war zurück und es ging ihr gut. Im Lokalfernsehen wurde darüber gerätselt, ob die Kuh überhaupt entführt worden war oder ob sie vielleicht einfach ausgebüxt war, weil es ihr langweilig gewesen war. Oder weil sie fand, dass es anderswo frischeres Gras gebe. Ein Experte gab ein Interview über den geheimnisvollen Charakter von Kühen, ein weiterer sprach über die Gefahr von frei laufendem Vieh im Strassenverkehr. Auch viele andere gaben ihren Senf dazu, obwohl sie keine Ahnung hatten. Es war lustig zu erfahren, was sie alles erzählten oder zu wissen glaubten.

Liridon und ich wussten mehr. Aber wir schwiegen. Das hatten wir meinem Grosi versprochen, und wir würden uns daran halten. Wie Marcos Liebesgeschichte mit der Walliserin weiterging, weiss ich nicht. Bereits am selben Abend waren jedenfalls sämtliche Fähnchen mit roten und weissen Sternen von der Wohnungstür verschwunden. Ob das ein Indiz war?

Mir war diese Sache allerdings nicht wichtig. Für mich war von Bedeutung, dass ich am Montagmorgen mit gepackter Reisetasche am Bahnhof Pratteln stand. Grosi Luise und Grosspapi Ruedi begleiteten mich mit dem Zug nach Hause. Meine Eltern waren mittlerweile zurück aus dem Spital, aber sie waren froh, wenn ich gebracht wurde und sie nicht selber hin- und herreisen mussten. Als wir im Regionalzug Richtung Olten am Festgelände des ESAF vorbeifuhren, fasste ich mein Grosi am Arm und zwinkerte ihr zu. Sie zwinkerte zurück. Grosspapi bemerkte es nicht.

Zwei Wochen später sah ich im Fernsehen, wie Pauline Wayne II in der grossen, mit Menschen gefüllten Schwingarena ihrem neuen Besitzer übergeben wurde.

«Guck mal, diese schwarze Kuh», sagte ich aufgeregt zu Mama, die auf dem Sofa neben mir sass, «findest du nicht auch, dass sie die schönste Kuh von allen ist?»

Meine Mutter nickte und lächelte: «Nach deinen Ferien in Pratteln fährst du voll auf das Schwingen ab, hm?»

Ich zuckte mit den Schultern. Dass es nicht das Schwingen war, das mich an dieser Sendung so brennend interessierte, sagte ich ihr natürlich nicht.

Den Detektivchat auf meinem Handy gab es immer noch. «He Leute, soeben war Pauline Wayne II im Fernsehen!», schrieb ich meinen neuen Freundinnen und Freunden nach Pratteln. Sofort schrieb Alessia zurück, schickte einen lachenden

Smiley, einen Kuhkopf und ein «Daumen hoch» und fragte, wann ich endlich wieder zur Grossmutter in die Ferien käme.

Dann fragte ich Mama, ob ich mein Grosi anrufen dürfe, um ihr von Pauline Wayne IIs Fernsehauftritt zu berichten.

«Ja, ich habe sie gesehen», war die Antwort. Allerdings sah mein Grosi «unsere» Kuh nicht am TV, sondern sie war vor Ort. Am Fest selber. So richtig live. «Ich habe ihr noch einen Gruss von dir ins Ohr geflüstert, vorhin, als sie noch im Lebendpreisstall stand», sagte sie verschwörerisch.

«Ehrlich?»

Am anderen Ende hörte ich das vergnügte Lachen meiner Grossmutter. Ich aber wurde wieder ernst.

«Grosi, du sagst immer, man soll nicht lügen. Aber versprichst du mir etwas?»

«Ich kann nichts versprechen, bevor ich nicht weiss, was es ist, Lena. Was möchtest du denn?»

«Frag den Gewinner von Pauline nach seiner Adresse. Dann gehen wir sie mal besuchen, um sicher zu sein, dass sie ein schönes Leben hat – mit viel gutem Heu, einer tollen Weide und jeder Menge netter Freundinnen, okay?»

«Ja, das machen wir.»

«Und wenn sie an keinem schönen Platz ist, weisst du, was wir dann machen? Dann entführen wir sie und suchen ihr ein tolles Zuhause.»

«Wir wollen sehen, Lena. Zuerst aber holen wir noch den Besuch im Museum im Bürgerhaus nach und gucken uns den Ritterhelm von Madlen an. Das braucht weniger Heu.»

Wieder lachte mein Grosi. Und wenn sie lacht, klingt sie immer noch so jung, als wäre sie gar nicht so wahnsinnig viel älter als ich.

Foto: Bruno Gardelli

Barbara Saladin wurde an einem Freitag, den 13. im Jahr 1976 in Liestal geboren. Sie wuchs in Gelterkinden auf und wollte als Kind ursprünglich Bäuerin oder Tierpflegerin werden. Obwohl es schlussendlich anders kam, übt sie heute ihren Traumberuf aus, weil sie neben Tieren nämlich auch schon immer Geschichten liebte: Sie arbeitet als freie Journalistin und Autorin. Als solche schreibt sie Kriminalromane und Kurzgeschichten, Reiseführer und Theaterstücke, Sach- und Kinderbücher, Artikel und Reportagen. Sie textet, fotografiert, recherchiert, lektoriert, moderiert und organisiert und ist auch hin und wieder im Tonstudio anzutreffen. Die meisten ihrer Projekte haben einen Bezug zum Baselbiet, vom Roman übers Sachbuch bis zum Themenweg.

2017 wurde Barbara Saladin mit dem Kantonalbankpreis Kultur ausgezeichnet. Ihre neusten Bücher sind die Krimis «Sechs Fremde und ein Dackel» und «Baselbieter Abgründe».

In ihrer Freizeit liebt Barbara Saladin es, zu lesen, zu wandern und durch die Natur zu streifen. Gemeinsam mit ihrem Lebenspartner und ihrem Hund lebt sie in Hemmiken, einem der kleinsten Dörfer im Oberbaselbiet.

www.barbarasaladin.ch

Foto: Oliver Baumann

Domo Löw erblickte das Licht der Welt an einem Mittwoch Ende Juni 1966. Er besuchte Kindergarten, Schulen, Museen, Kunsteisbahn, militärische Einrichtungen und den Abendkurs für japanische Kalligrafie in Basel und Umgebung. Er zeichnet eigentlich immer, überall und auf alles. Und reist mit dem Skizzenbuch unter dem Arm in verschiedene Richtungen, Ecken und Kanten der Landkarte, immer wieder auch nach England. Ungefähr 1976 ass er seine erste Faschtewaaie (inklusive Kümmi). Er hat jetzt eigentlich schon sehr lange keinen Rauhaardackel mehr und fährt dann und wann Mitglieder seiner vierköpfigen Familie auf der Vespa über Berg und Tal. Nun versucht er schon seit mehreren Wochen, den Auslöser der neu erstandenen zweiäugigen Spiegelreflexkamera zu drücken, ist aber immer noch unschlüssig über das Motiv.

Domo Löw illustriert Kinderbücher, Lehrmittel, Zeitschriften, Theaterkulissen, Läggerlibüxen, Polizeitassen, Kurzfilme, Plakate für Modeschauen, Manschettenknöpfe und auch Krimis über Kühe.

www.domoloew.ch

Und jetzt?

Mit welchem starken Schwinger wird Pauline Wayne II wohl nach Hause gehen? Fragst du dich das auch? Am Schwingfestsonntag werden wir es erfahren und dem stolzen neuen Besitzer dieses Büchlein mit der Geschichte seiner Kuh schenken. Damit er weiss, welch ein Abenteuer sie erlebt hat, so knapp vor dem Fest.

Wir sind Roger Schneider, Gemeinderat, und Andrea Sulzer, Leiterin Bildung, Freizeit und Kultur der Gemeinde Pratteln. Ein so grosses Fest bei sich zu empfangen ist aufregend. Vor allem, weil unglaublich viele Menschen zu uns kommen und unser Dorf kennenlernen. Mit dieser Geschichte wollten wir dich mit nach Pratteln nehmen und dir Spannendes vom Faustkeil bis zum Madlenjäger erzählen.

An dieser Stelle möchten wir uns auch bei allen bedanken, die diese wunderbare Geschichte rund um das Schwingfest ermöglicht haben. Dem Friedrich Reinhardt Verlag für sein Vertrauen und seine Unterstützung unserer kurzfristigen Anfrage, der Autorin Barbara Saladin für ihre spontane Zusage und die fröhliche Zusammenarbeit, dem Illustrator Domo Löw für die lebendigen Zeichnungen, die uns schmunzeln lassen, sowie der Bürgergemeinde Pratteln, dem Verschönerungsverein Pratteln, der Kommission für Kulturförderung Pratteln und dem Eidgenössischen Schwing- und Älplerfest (ESAF) Pratteln im Baselbiet für die finanzielle Unterstützung.

Nun freuen wir uns, dich und deine Familie bald mal «in echt» bei uns zu begrüssen. Vielleicht mögt ihr unser Museum im Bürgerhaus besuchen oder unsere Esel auf dem Robinsonspielplatz? Wenn ihr mehr wissen möchtet über Pratteln, antwortet Andrea euch gern (bfk@pratteln.ch).

Liebe Grüsse aus Pratteln, Roger Schneider und Andrea Sulzer

Willkommen bei uns in Pratteln!

Damit du die von Lena, Liridon und Lenas Grosi besuchten Orte mal persönlich erleben kannst, haben wir dir hier Informationen zusammengetragen. Auf deinen Besuch freuen wir uns!

Pratteln erleben

Traditionen, Geschichten, spannende Orte – in diesem Wimmelbild versteckt findest du Pratteln Schätze.

www.pratteln-erleben.ch

Rundwanderungen

Rucksack packen und ab in den Wald auf den Spuren des Madlenjägers oder zum idyllischen Waldweiher! Sieben Rundwanderungen von kurz bis lang warten auf dich.

www.rundwanderungen-pratteln.ch

Museum im Bürgerhaus Pratteln

Im Museum erlebst du eine Zeitreise durch dreihunderttausend Jahre Prattler Geschichte. Also – einfach eintauchen in ein lebendiges Haus voller Geschichten! Nach dem Lösen des Rätselrundgangs durch die Ausstellungen wartet eine kleine Überraschung.

Hauptstrasse 29, Pratteln
061 821 07 41
www.buergerhaus-pratteln.ch
Öffnungszeiten:
Mi/Fr/Sa/So, 14–17 Uhr
(ausser während Schulferien)

Robinsonspielplatz

Hühner füttern, Eselreiten, auf Türme klettern, Kerzenziehen – dies und vieles mehr kannst du hier erleben.

Lohagstrasse 1, Pratteln
061 825 24 50
robinsonspielplatz@pratteln.ch
Öffnungszeiten:
Mi–Sa nachmittags

Schwimmbad

Wenn es heiss wird, findest du in unserem schönen Schwimmbad Abkühlung und leckere Glace!

Giebenacherstrasse 10,
Pratteln
061 825 24 10
sandgruben@pratteln.ch

aquabasilea Erlebnisbad
Für kleine und grosse Abenteurerinnen und Abenteurer

Kleineren Gästen wird das Urelement Wasser in spielerischer, kindgerechter und spannender Form nähergebracht. Grössere Abenteurerinnen und Abenteurer können sich in aufregende Begegnungen mit dem nassen Element stürzen – vom Wellenbad über das Aktivbecken bis zu den verschiedensten Rutschen für jeden Erlebnisfaktor und Adrenalinkick zwischen freiem Fall und Highspeed.

Hardstrasse 57, Pratteln
061 826 24 24
info@aquabasilea.ch
www.aquabasilea.ch

Schwingplatz beim Vitaparcours
Der Schwingsport und sein Grossevent ESAF sollen auch nach dem Fest erlebbar bleiben. Im Gebiet des Vitaparcours entsteht im Herbst 2022 ein Erinnerungsort mit Schwingbewegungselementen und einem echten Schwingbrunnen aus der ESAF-Arena. Komm vorbei und übe das Schwingen!

Nähe Kreuzung Erliweg/Schönenbergstrasse beim Parkplatz, Pratteln

Schloss und Schmittiplatz
Unser Schloss ist über siebenhundert Jahre alt und hat so einige Geschichten parat. An einer Schlossführung kannst du sie alle hören. Aber auch der idyllische Schlosspark lädt mit seinen grossen Holzkugeln zum Chillen und Verweilen ein.

Schloss, Oberemattstrasse 11, Pratteln
Informationen zu den Schlossführungen sind über bfk@pratteln.ch erhältlich.